El dulce de icaco

basado en un cuento tradicional de Colombia

Lada Josefa Kratky

NATIONAL GEOGRAPHIC LEARNING | CENGAGE Learning

Había un ratoncito que se llamaba Minisurumbullo, pero le decían Mini. Este ratoncito tenía un mapa. Lo usaba cuando salía a explorar su pueblo.

Un día, Mini salió con su mapa. Primero, dobló a la derecha. Después, dobló a la izquierda. Cruzó la calle. Caminó derecho y entró por un hoyito. ¿Dónde estaba? ¡En la pastelería!

Mini saltó a una mesa. ¿Y qué había allí? Mini no lo podía creer. Era una vasija con dulce de icaco. ¡A él le encantaba el dulce de icaco!

Mini saltó a la vasija y se puso a nadar en el almíbar. ¡Qué sabroso! Tomó sorbo tras sorbo y al ratito quedó dormido en el almíbar.

Despertó cuando se movía la vasija. Dos ojos lo miraban. ¿Quién era ese niño?

—¿Qué es esto, mamá? —preguntó una vocecita.

—Es dulce de icaco, Gabi.

—¿Cómo es el icaco? —preguntó Gabi.

—Ya no preguntes más, Gabi. Trae la vasija al comedor.

Mini se asustó. ¿Qué debía hacer? ¿Debía escapar? Se dijo que sería mejor no hacer nada. Se quedó tranquilo en la vasija.

Se empezaron a servir los icacos, de dos en dos. Una cuchara puso a Mini y un icaco en el plato de Gabi. Gabi preguntó:

—¿Cuántos ojitos es que tiene un icaco, mamá?

—Ni uno, Gabi.

—¿Cuántas orejitas tiene?

—Ni una, Gabi.

—¿Para qué es esa colita?

—¡Pero si el icaco no tiene colita, Gabi!

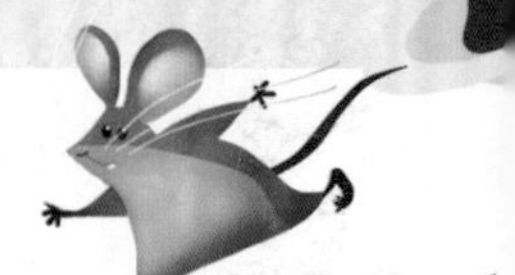

En eso, Mini saltó del plato.
La mamá pegó un grito:

—¿Cómo cayó ese ratón en el dulce de icaco?

Los invitados se levantaron.
¿Por qué se hablaba de ratones en el postre?

—¿Dónde está ese ratón? —gritó la mamá.

—¿Qué ratón? —preguntó Gabi—. ¿No era un icaco?

De un salto, Mini llegó a la cocina y pasó otra vez por el agujerito.

Mini se acordó de su mapa. Cruzó la calle. Dobló a la izquierda. En la esquina, dobló a la derecha y entró a su casita. ¿Y qué más hizo? Se chupó bien todos los deditos.